KB116237

해변이 둥근 이유

**김종영**

2011년 〈경남신문〉 신춘문예로 등단
한국시조시인협회상 신인상 및 올해의시조집상 수상
시조집『탁란 시대』(세종도서 문학나눔 선정)『질경이』
kijycome@hanmail.net

해변이 둥근 이유

—

초판 1쇄  2022년 4월 5일
지은이  김종영
펴낸이  김영재
펴낸곳  책만드는집

—

주소  서울 마포구 양화로3길 99, 4층 (04022)
전화  3142-1585·6
팩스  336-8908
전자우편  chaekjip@naver.com
출판등록  1994년 1월 13일 제10-927호
ⓒ 김종영, 2022

—

ISBN 978-89-7944-796-5 (04810)
ISBN 978-89-7944-354-7 (세트)

책 만 드 는 집　시 인 선 1 9 3

# 해변이 둥근 이유

김종영 시집

책만드는집

마음을 비우고 비워야만 온다는
기쁨이 슬픈 기억 전부를 밀쳐내는
그날

살아서, 또는 살아야 하는
이유의 전부인
그날

그날을 위해

2022년 4월
김종영

# 2부    해변이 둥근 이유

# 3부 완보의 나이

# 4부   승강기

# 5부  키오스크 이모

# 1부

## 단풍은 고양이 울음

# 정방폭포


한결같은 모습으로 주기만 하는 폭포

단 한 번
망설임 없이
바다로 몸 던지는

직진의
그 사랑 앞에
눈을 피할 수 없다

# 어느 가을날

꽃무릇 붉은 연정
가득 안은 가을 숲
비켜 날던 달빛도 잎새에 부서지고
맥동을 숨기지 못하고
서로가 들킨 그날

이름 잊은 그대가
오늘 유독 그리운 건
제아무리 붉어도 그 단풍이 아니라서
이 밤을 보내고 나도
응답 없을 그리움이라서

이 가을
누구라도 그날의 가인 되어
떨림으로 서로를 바라볼 수 있다면
한참을 기대고 싶어라
깊어가는 이 밤에

# 노을

스치는 눈길에도
얼굴이 붉어지던데

당신,
살짝 한번
웃어줄 수 없나요?

저 해도
찡긋만 했는데
온 하늘이 물들잖아요

# 단풍은 고양이 울음

단풍에게서 내 존재는
아무것도 아니었다
담고 싶은 미학의 미온한 지지자일 뿐
서로가 배경으로 두고픈
불필요함의 필요함

알았네! 나는 알았네!
너였고 나였음을
인화지 속에 있던 갈림길을 따라서
이별을 덤덤히 밟으며
떠나간 긴 그림자

해마다
당신 없는 가을이 발길 해도
창밖의 담쟁이덩굴 벽돌을 긁는 동안
가냘픈 고양이 울음 같은
단풍이 왔다 가네

# 질경이

길은 비킬 수 없다
차라리 밟고 가라
소진한 희망들이 바닥에 쓰러져도
저항이 몸에 밴 유전자
사방으로 튀고 있다

밟히는 걸음마다
믿음의 흙을 다져
군홧발 밀어내고 피고 지던 그날처럼
오늘을 이끈 깃발이
초록으로 다시 선다

# 복도 끝 사각 프레임

한숨을 돌릴 적마다
눈에 드는 창밖 풍경

계절마다 다른 얼굴
말없이 다녀가는

복도 끝
사각 프레임 속
봄 여름 가을 겨울

# 매화는 말한다


보시게,
꽃 환한 만춘
즐기는 당신, 부디

진초록 봄을 위해
먼저 진 꽃 있었다고

따스한
가슴을 열어
씨앗 하나 품어주오

# 이팝꽃 필 무렵

공복을 달래려다 쏟아버린 밥알 같은

꿈에서나 볼 것 같던
쌀가루 널린 거리

가난을 지붕 없은 집
소쩍새 슬피 우네

죽어 벗어난 대가로 한 평의 땅에 묻힌

할머니, 소쩍새 울어 풀어주는 허기를

무덤가 하얀 꽃 뿌려
눈물로 달래볼까?

# 봄의 통지문

당길수록 힘에 부치는
팽팽한 줄다리기

동장군 서슬 아래
봉기를 꿈꾸는 삼월

민들레
갓털 날리며
통지문 돌리고 있다

# 벚꽃 주차장

벗지 못하는 마스크
설렘은 사치인가
온전한 즐거움이 뒷걸음하는 벚꽃놀이
꽃모자 쓴 차들만이
봄놀이 한창이다

바람 불면 꽃이 지고
기약의 날도 가겠지
날리는 꽃잎 따라
살포시 손을 펴면
얼굴이,
보고 싶은 얼굴이
살포시 내려앉는다

# 손돌이추위

깜빡이도 켜지 않고
저리 훅 들어오다니

상도의를 어긴 대가
따라가는 욕 한 바가지

한파는
모른 척하며
줄행랑을 치고 있다

# 2부

## 해변이 둥근 이유

# 그 섬 생각

추억을 물고 날던 물새
날개 접어 쉬어 가는
망주봉 그늘 아래 명사십리 모래톱
넌지시 잊혀지다가
눈 감으면 오는 섬

머리 들어 하늘 보면 파도가 몰려들고
콘크리트 숲 사이로 유람선이 떠 있는데
드르륵
호출의 문자
난파하는 티타임

# 벽 속의 바다

마음을 헹군 바다
벽면에 걸려 있다

파도가 부서지는 에메랄드 그 휴가지

소금기 해풍을 실은
요트 한 척 들어오고

또 하루 날개 접는 생의 석양 아래서
그리운 그대는 아직 날 떠나지 못한다

후드득
액자 밖으로
떨어지는 물비늘

# 애월 바다

미련에도 색이 있다면 맑은 빛 에메랄드
휴가를 마쳐야 하는 현실이 아파오고
다시는 오지 않을 오늘이라
더욱 푸른 바닷빛

호프 잔에 찰랑이는 저녁놀을 마셔보고
달빛이 일렁대는 모래밭을 걸어봐도
보내기 싫은 이 밤은
잠들 줄을 모르고

늘 그런 식이었지 위기마다 몸 낮추고
이력 한 줄 더하고 찢겨 나간 달력처럼
한때를 음미하다 가고 말
달 하나 떠오르네

# 숨비소리

1
길들지 않는 바당* 또 다른 경작지에
힘든 생 지탱하는
테왁 하나 떠오르고
가난한 두려움이 묻은
숨비소리 저 소리

오래 참는 숨길만큼 깊어지는 앞바다
세파를 거스르던 기억이 옅어질 때
저 섬은
뭍의 무게 벗고
물옷으로 갈아입는다

2
지느러미 잘린 인어
빌딩 숲을 물질하다

그대는 이제 가고 그리움만 남아서

좌판에 널린 해산물

거친 생이 씹힌다

* '바다'의 방언(경상, 제주, 함경).

# 오션뷰

바다가 불타고 있는 언덕 위 통유리 카페

화려한 사랑만을 기억하는 우리 앞에

깍듯한 이별의 빛깔
실루엣의 뭇 섬들

남을 본다는 것은 나를 보이는 것

하루의 얼룩들이 시나브로 옅어질 때

나는 섬
당신 눈에서
안식의 밤을 찾는다

# 언제나 옳다 아침 바다

언제나 옳다 아침 바다
희뿌연 해미라도

곁자리 쉽지 않은 일출
또 한 번 놓친다 해도

또 하루
어깨를 주는 당신
기다림은 덤이다

# 해변이 둥근 이유

맞서다가 무너지는 해안가 모래톱처럼
겨우 버티던 생
흔들리던 그때마다
한 줄기 위안 같은 파도
수평선이 쏟아진다

몇 걸음 앞에 서서 파도를 맞는 바위
물결의 유연함을 몸으로 배우는 걸까
해풍이 불어올 때마다
모난 생각 무뎌진다

인생이야 늘 그렇지
밀물이듯 썰물 같다가
발아래 부서지는 하얀 거품 같은 것
안기고 싶을 때마다
둥그레지던 그 해변

# 채석강에서

하나가 될 수 없는 바다와 육지의 꿈

집착만큼 높아진 해식 기둥 아래로

밀다가 빠질 때를 아는
파도의 하얀 거품


싱긋한 눈웃음에 무너진 그날 이후

버티다 깎이기만 겹겹의 우리 사랑

풋사랑 그 이야기를
채석강이 기억하네

# 보물선 동전

사람은 채우기 위해 먼 길을 마다 않는다
공덕보다 무거운 욕심을 실었는지
난파된 범선 한 척에
꿈 하나도 잠겼다

청동 대불 절집 하나 세속에 우뚝 세워
밤낮의 허물을 범어로 달래려던
대종大鐘이 되려다 만 동전*이
진열대에 누워 있다

배는 가라앉아도 잠들지 않는 정성
사람 내 나는 세상 어디라 다르겠는가
저마다 세운 마음 정토
위안의 말 듣고 있다

* 신안 증도 보물선에서 건져 올린 약 800만 개의 동전.

# 저 물은 함부로

저 물은 함부로 말하고 쉬 거두지 않는다

말 먼저 앞세우지 않고 제가 먼저 손을 잡으며 서로의 몸을 말아 하나가 된다 뾰족한 돌을 제 몸으로 감내하며 구를수록 더 단단한 불멸의 몸이 된다 나서지만 뽐내지 않고 급할수록 돌아가며 추락하는 동안에도 주위를 감싸 안는

저 물은 어깨를 주고 손을 먼저 놓지 않는다

아주 작은 아쉬움에 갈증이 일어나고

아주 작은 사랑에도 쉽게 서운해한

한 치를 내다 못 보는
너는 나는,
우리는

# 죽방렴

시간을 품에 안고
줄 때까지 기다리는
저 바다에 떠 있는 거대한 새 한 마리
윤슬이 재우는 하루
느림이 넘치는 어장

세상일은 때가 있어
물때에 맡긴 시간
빈 배에 가득 실은 별빛을 부려놓고
하루치
기다림의 대가
박으로 긷는 부부

빠져나가는 욕심을 손에서 놓지 못하고
오늘도 서성이며 널 그리는 바다에서
못 잊은 아련한 추억이
댓살을 들고 난다

# 3부

완보의 나이

# 과속방지턱


덜커덩
감당 못 한
절정의 단풍길에서

네 얼굴
눈에 밟혀
주춤주춤하는 사이

가을은
여우 꼬리처럼
방지턱을 넘고 있다

# 자동차 리모컨

방전된 아침보다 이게 낫지 않으냐

무시로 찾아오는 건망증에 차 문이 제대로 잠겼는
지 또 한 번 리모컨을 눌렀다고, 의처증 도진 사내 대
하듯 눈 흘기는 지시등 돌아서서 눈 한 번 더 맞춘
게 그 무슨 흠이 될까 아침의 배터리 방전보다 두려
운 재단되는 건망증 환자

언제쯤 허용치 높인 동반자적 관계 될까

# 완보의 나이

나이는 이 세상을
완보로 걷게 한다

비로소 보이기 시작하는 온갖 것들

무엇을
보아왔으며
또 무엇을 바라는가?

하류에 가까울수록 천천히 걷는 강물
앞만 보고 걸어온 삶
어디에 쌓였을까?

바다에
이르지 못한
젊은 날의 우리 사랑

# 진공 포장

생명 연장의 꿈에 다가서는 몸부림
익숙함을 뽑아내는 의식이 치러지면
그대로 남고 싶으나
쭈글해진 자존심

부풀려 온 기대는 쉬 꺼지기 마련인데
애달프게 지탱하던 우리네의 삶에도
압축기 갖다 대어 보면
어떤 모습 남을까

# 네 잘못이 아니야!

몰라도 너무 몰랐던 방치와 감금 사이
다습하고 밀폐된 신발장에 갇힌 날에 눈길 한번 주
는 게 뭐 그리 힘들었냐며 하필이면 좋은 날 외출한
구두 밑창이 반으로 허리 꺾여 너덜대며 하는 항변에
오후는 비수에 꽂혀 숨을 쉴 수 없었다

약맥으로 연결된 피해자와 가해자
끝까지 공범 되어준 마지막 동행 이후
자책이 자책을 부르는 애절한 이별 의식

# 발톱의 흔적

어제 일을 쉽게 잊은
미운 해가 다시 뜬다
한바탕 머리를 푼 듯
거리를 베고 누운 나무

상처에 소금기같이
다가서는 아픈 햇살

태풍의 잔해들이 어제를 증명할 뿐
단단히 조여 매는 오늘은 우리의 몫

유난히
푸른 하늘이
미운 아침일지라도

# 세상의 가장자리
−악플러

인간의 범주는 넓고도 깊다던데
스스로 옭아매며 채찍으로 다스린 날
거르지 못한 감정이
댓글로 달려 있다

자신에게 관대한 저울추를 내보이며
익명으로 타인을 겨냥하는 이기심
비후에 불과한 너의 울음
더럽혀지는 뒷골목

참혹한 댓글 전쟁 시달리는 전상자들
상처를 휘저어 대는 가시 돋친 말 속에서
때아닌 낙화를 겪는
꽃잎들이 아프다

# 시소와 그네

시소
너의 힘찬 응원에
내가 솟아올랐음을
차오르는 그만큼
대지는 아팠으리

올랐다 다시 내렸다가
기복 심한
연애사

그네
감당할 높이만큼
이겨낼 속도만큼
더 높이 나가기 위해
웅크릴 줄도 아는

둘이서

허공에 그리는

그림 같은 결혼사

# 마스크 인간

다음에 보자는 말
밥 한번 먹자는 말을
당연한 듯 받들다가 서늘해지는 내 가슴
필터는 미소뿐 아니라
기약의 내일도 가렸다

시간이 시간을
거리가 거리를 더해
우리라는 유대감이 느슨해진 요즘에
유격을 좁힌 대화는
언제쯤 오고 갈까

우물처럼 고여버린 오늘을 살지만
다시 퍼내면 샘솟을 그날을 꿈꾸면서
심장엔 적혈구 가득
환절기를 맞나 보다

# 암각화 말씀

꿈은 위대하다 삶은 더 위대하다
문자 대신 그림이 말씀이 되던 시절
숙명을 치러낸 전사戰史가
바위에 그려졌다

부족의 피가 흐르는 창 하나를 들고서
죽음이 입을 벌린 검붉은 바닷속으로
던져라
내일을 선택한
나를, 나의 꿈을

우리 사는 이 땅도 생사가 하나일 터
선혈로 기록되는 삶 또한 다를까마는
오늘을 이길 비책 찾아
암각화를 바라본다

# 역습

지구는
행복을 향해
자전하지 않나 보다

인간의 계산법에 대해로 흘러간 비닐

죽어서 영원을 얻은
쓰레기가 세운 섬

난 곳으로 회귀하는 해류를 등에 업고
부유하는 정착지에서
높이 든 증오의 깃발

나침반 바늘은 이미
도시를 향하고 있다

# 잠자리, 하트를 그리다

종말론이 붉게 번지는 늦가을 어느 오후

관음증 자극하는 가을비를 배경으로

잠자리,
몸을 틀어 짝을 짓는
절정의 가을 신화

# 일어나
– 김광석 거리에서

요절한 그 가수의 환한 미소가 좋았네
유년을 크게 키웠을 신천 둑길 따라서
가없는 선율에 몸을 맡긴
순례의 행렬, 행렬들

우리는
슬픔이 다른 슬픔을 불러내어도
들어야 하네 노래를
즐겨야 하네 음악을
당신과 나의 하늘이
하나 된 거리에서

부채負債 같은 걸음이
쉼을 얻은 찻집을 나와
어둠을 애써 불렀네 남기고 간 노래도
강 같은

뜨거운 눈물이
내게 남아 있어서

# 4부

## 승강기

# 청동 투구

흘린 땀에 비하면 그리 높지 않았다
꿈꾸던 시상대에 승자로 올랐지만
떡하니 자리 차지한
가리지 못한 치욕

돌고 돌아 앞에 선 유랑의 청동 투구*
수북한 천년 서사 이야기도 좋다지만
진정한 승리의 전리품은
우리라는 울타리

너를 보노라면 나는 기마 용병
청동 녹이 제련된 빛나는 투구 쓰고
말 울음 달래어가며
황야를 가로지른다

* 보물 제904호로 베를린올림픽 마라톤에서 우승 기념으로 받은 부
상. 1986년 손기정에게 전달되었다.

# 동거

– 부산 비석문화마을


살아도 사는 게 아닌 동란의 공간에서
이산의 눈물 따라 죽지 못해 흘러든
난민촌,
누울 곳 찾아
산등으로 오르다

이젠 수치로 남은 이족의 묘터 위에
두려움 봉인 풀어 죽음과 입 맞추고는
마을도 무덤도 아닌
동거의 땅이 된다

# 미완의 진화

푸른 행성 지구가 몸살을 앓는 이유는

진화의 역사라 부르기에는 턱없이 모자란 백만 년, 너무 빠른 속도로 물욕 지향 우세종이 된, 공존보다는 이익을 좇는 본능으로 지구의 운전대를 잡고 급발진하는 인류는 무면허 운전기사

파랗게 질린 승객이 비명을 지르고 있다

# 천년 석탑 실루엣

오늘을 놓지 못하는 노을을 앞에 두고
화려한 색을 버린
천년 석탑* 실루엣

또 하루 역사 앞에서
겸손해지나 보다

천년의 흔적 위를
갈바람이 스쳐 가면
회한도 그리움도 이끼로 더하려나

나 또한 실루엣 되어
기대고 싶은 이 밤


* 감은사지 3층 석탑.

# 을숙도의 추억

새보다 사람 세상 을숙도 생태공원
기억은 박제되어 전시관에 남아 있고
단장한 습지는 습지대로
옛 영화 그리고 있고

사랑의 보증인같이
사진 속에 서 있는
바람에 손 흔드는 역광의 갈대꽃 위로

간간이 소환되는 추억이
철새처럼 오른다

# 화장장에서


노력으로 닿을 수 있는
하늘이 아니었네
미소로 바꿀 수 있는
땅도 아니었네
리무진 아쉬움 싣고
말없이 돌다 간다

고달팠던 인생을 회색으로 마감하기에는
예정된 이별일지라도 오늘은 너무 슬퍼
모르는 아낙의 곡소리에
젖어 드는 시간들

여기까지 오는 길도
마지막 멈춘 곳도
공정의 시소를 타는 삶은 아니었다고
육신을 태우는 불꽃에게

차마 말을
할 수 없었네

# 도회로 온 멧돼지

도회의 숲속으로 제 몸을 감추고픈
빼앗긴 땅을 수복하려는 혼돈의 귀향 행로
늘 그래 제자리였지 한바탕 돌아봐도

인간이 신봉하는 공식이 독특하여
퇴화의 길을 걷는
외톨이 되는 진화進化
어울려 산다고 하며
둘러치는 울타리

지엄하게 높아진 욕심이 그은 경계
몰래 디딘 대가를 가혹하게 물어서
사살된 수복의 꿈이
트럭에 실려 간다

# 박제가 된 고래

물질하던 아낙 옆을
지켜주던 귀신고래
시나브로 젖어드는
가없는 영웅담에
일상이
온통 그리움인
푸른 고래박물관

그립다 그러면서
여전히 기름내 나는
신화 따로 현실 따로
동해의 전설 안고
뼈마디 펜 몸뚱이로
하늘을 날고 있다

# #생존신고서

여러 대의 메트로놈 제각각 팔 흔들다
마침내 하나 되는 무생물의 칼군무
우리가 모르는 언어로
소통을 하나 봐요

풀 죽은 자책의 날 끌어안고 지내려다
공명되지 못하고 흩어진 몸짓 될까 봐
용기가 용기를 북돋는
주파수를 찾아요

시간의 사슬 속에 물드는 코로나 블루
불면의 잠을 걷어 아침을 곧추세우는
기도는 "#생존신고서"
해시태그 날려요

# 유영하는 감천마을

바다 보며 줄지은 오색 집 그 사이로
좁다란 골목길이 사람들을 모으는
고래가 등을 내어준 듯
유영하는 감천마을*

벽화에서 걸어 나온 상상의 이력들이
떼 지은 이방인과 어깨를 겯는 시간
오래된 기억이 살아나
말을 거는 골목길

전망대 올라서서 지친 삶을 바라보면
예술가가 길어 올리던 샘 같은 영도 바다에
파랑도 옷 갈아입으며
받은 빛을 갚는다

* 부산광역시 감천문화마을.

# 꽃길을 즐기시라
### – 퇴임식에 부쳐

편하고픈 바람이 그 누군들 없었으랴
척박한 교단에서
시대를 꽃피우며
반평생 내달려 왔던
고단한 교육자의 길

가고 싶은 길보다
가고 싶지 않은 길을
마다 않고 달려온 헌신의 여정 끝에
훈장을
받쳐 든 두 손
빛살 가득 피어난다

이미 승리한 그대여 이제는 걸으시라
가고 싶던, 꿈꾸던 길로
새 길을 만드시라

승패도 갈채로만 갈리는
응원 소리 받으며

애증도 가라앉아 심연에 들고 마는
진초록 대지 위를 바람처럼 나아가서
가꿔둔
그 꽃을 보며
마음껏 즐기시라

# 승강기

버튼을 누르는 건
가까운 미래를 불러
발 앞의 그리움을 손잡아 세우거나
어쩌면 날개도 없이
나는 것이 아닐까
인생사 마음대로 오갈 수도 없다지만
부르면 무시로 오는 만족의 공간에서
마중과 배웅 사이를
오가는 나인(內人)이여

내리는 그곳이 단내 나는 골목일지라도
승강기 탄 동안은 무던한 바람이 불어
든든한 밀어를 건네고는
문을 활짝 열어젖힌다

# 5부

키오스크 이모

# 초흔焦痕의 밤

1
가시라
미지의 바다 숙명의 노를 저어

제단에 바친 목선* 불의 혀가 핥고 가면

가무歌舞에 두려움 걸고
푸른 바다 들어선다

2
누천년
개펄 속을 건너와 누운 그대

아물 새 없이 도지는 상처 같은 도회에서

그을려 다잡고 싶은
세파 가르던 그 항해

* 8천 년 전 것으로 추정되는 우리나라 최고最古의 창녕 비봉리 목선.

# 마스크 대란

정말 사소한 것에 목을 매 보셨나요
그럴 것 같지 않더니 귀한 몸이 되어버린
마스크, 세상의 기준을
역으로 다시 세우다

승전은
죽이는 게 아니라 막아내는 것
비옷이 아니라 갑옷이 된 마스크
승리한 득의의 미소
언제쯤 지어볼까

# 고속도로 쉼터

힘들면 쉬어 가세요
고속도로 졸음쉼터

문장이 길어지면 쉼표를 찍듯이

이 생은
쉬 마무리할
줄글이 아니잖아요

# 거울
### ─ 오래된 남편

서로가 권태에 길든 애완愛玩의 시간 너머
한껏 눈치를 주어도
원하는 답을 않는
거울이 거울이기를
포기한 간 큰 동반자

"나 이뻐"
너무 쉬운 답정너의 질문도
아이처럼 꼬여버린 얄미운 반응이고
백번을 양보해 보아도
당신의 미운 당신

다정히 기대고 싶은
한뉘를 살면서도
거울 속 형상처럼 현실을 외면하는
야속한,

그대라 불리는

그 이름

내가 밉다

# 미련

세우려다 되레
무너지고 만 모래성
파도가 중개인처럼 계약서를 리셋할 때
아쉬운 마음 한구석에
따개비처럼 붙어 있다

두 손에 잡히는 건 주저앉은 모래뿐
윤슬 위 떠다니는 반신욕의 바위 위로
미련은 아직도 남아
물새처럼 쉬고 있다

# 노천탕에 비가 내린다

살가운 빗줄기가 불러내는 오감이
촉촉하게 젖어 드는 물감처럼 풀려서
버려야 얻는 혜안을
이제서야 얻었네

빗속에서 피어나는 혼돈의 생각들이
증기처럼 스미다가 가라앉는 즈음에
비 오는 노천탕 위로
생각의 달 떠오른다

# 모가 난 오후

그림자 늘어지는 어느 오후 모퉁이에
구겨진 언덕길을 펴고 펴서 오르는 길
초침에 돌을 매단 듯
따가운 해가 걸렸다

몸 따로 마음 따로인 혼돈의 시간에는
반나절을 달래어 갈 그 흔한 피안을 찾아
한 스푼 여유를 저어
시간을 머금는다

이방인 아닌 생이 어디에 있겠냐만
우리가 톱니라면 조금은 위로가 될까
꽃눈이 트는 가로등
지는 놀이 편안하다

# 커피 한잔 어때요

판도라가 열린 듯 공간을 깨우는 알람
쏟아지는 햇살 담아
로스팅되는 아침
몸에 밴 일일지라도
진통제가 필요해

출처 없는 두려움이 부드럽게 갈리고
머그잔 가득 채우면
내 마음은 이미 바다
여유를 토핑한 시간
커피 한잔 어때요

# 별 하나 조준하다

 - 취업준비생


언젠가 오를 사대射臺에 내 자리는 있을까
한 움큼 쥔 화살은 희망을 담보할까
과녁엔 희뿌연 바람이
윤곽 없이 그려진다

오늘을 위한 활자들이 발밑에서 뒹굴고
시위 떠난 화살은 행방을 알 수 없다
커지는 과거의 영토에
발이 빠지는 내일

헤다 만 별 중에서 내 것 하나 있겠지
꿈꾸는 이름표가 새겨진 화살을 주워
내일이 배경으로 뜬
별 하나 조준한다

# 센서등

승강기를 기다리는 잠시의 방심에도
달려드는 어둠은 일종의 경고일까
불행은 깃털처럼 가벼이
날아들 수 있다는

행복을 감지하는 센서가 있는 양
빛을 먹는 어둠에 좌절하는 날들에
두 팔을 날갯짓하며
불러야 할 이유 있다

낙담이 잦은 세상에 외치고 싶은 말
어둠 없는 사람은 어디에도 없다고
빛나는 별 뒤에 있는 건
짙은 어둠이라고

# 새장이 주머니에 들어 있다

휘파람새 울음 같던 머릿속의 시 한 구절

갑자기 휘발되어 날아가 버린 날, 나의 것이나 온
전히 내 것이 아닌 기억력에 절망했다 주머니 속 늘
만지작대던 휴대폰에 음성메모를 남길 수 있게 된
날은 마치 하늘을 나는 새를 잡은 기분이었다 잊으
려야 잊을 수 없는 전능의 기억력을 가진 날 이후

새들이 노니는 새장이 주머니에 들어 있다

# 키오스크* 이모

나의 식당 이모는
무심한 표정이다
세련된 한마디의 인사를 던지고는
은근히 터치를 기대하는
완벽주의자 당신

표정을 숨길 이유도
애원할 이유도 없는
무심한 터치만으로 말 없는 말이 끝나고
긴장을 내려놓은 이후
왠지 휑한 우리 사이

서로 간의 교감이 사라져 버린 요즘에는
이모를 닮은 듯 너와 나는 건조해지고
유난히 그리워지는
온기 가득한 대화

* 무인 주문 단말기.

# 모난 현실을 끌어안는 원융무애의 세계

임채성 시인

시인은 그가 속한 세상과 끊임없이 불화하는 존재이다. 불화의 진정한 의미는 시적 표현 속에 철학적 기저를 분명히 드러내는 것이며, 그 사유의 틀을 자신에게 맞춰 변형하는 것이다. 규범화된 관습과 제도적 사회질서에서 자유로워져야 가능하다는 이야기다. 이는 곧 고착화된 세계와 억압하는 것들과의 불화를 의미한다. 따라서 불화는 건강한 변화를 추구하게 하고 이는 필연적으로 갈등을 불러일으킨다. 변혁을 추구하는 시인은 시간적 구속에서 벗어난 감각과 상징을 심오한 것처럼 포장하거나 꾸미지 않는다. 불화를 시간과 공간의 범주에 가둬놓고 개인의 광기로만 설명하지 않는다. 어느 시대, 어느 공간에서나 발현되고 발견될 수 있는 현실의 재해석으로 이해하는 것이다.

이 때문에 시인은 불화하는 세상을 향해 끊임없이 소리치며 굳게 닫힌 불통의 문을 피가 나도록 두드리기도 한다. 시인의 인식은 내부로 열려 있지만 바깥세상을 향해서도 감각의 촉수를 곤두세운다. 그래서 시인은 합리적이면서도 불합리한 의문을 동시에 가진다. 합리적 의문과 불합리한 의문이 발생하는 곳은 시인의 인식에 따라 중심이 되기도 하고, 가장자리가 되기도 한다. 그곳이 꽃밭이 되거나 진창이 되는 것은 순전히 시인의 세계관에 달려 있다. 김종영 시인의 시조집 『해변이 둥근 이유』에 수록된 작품들도 그렇다. 고독한 삶을 인내하면서 어디로 나아가야 할지 모르는 우리의 미래와 더욱 고립되는 존재들을 보여주면서 한편으로는 그 신산한 삶을 버텨내라고 응원하는 것 같다.

"마음을 비우고 비워야만 온다는/ 기쁨이 슬픈 기억 전부를 밀쳐내"고 "살아서, 또는 살아야 하는/ 이유의 전부인""그날을 위해"라고 쓴 '시인의 말'은 힘겹게 버티고 있는 삶의 추동력이 무엇인지를 짐작게 한다. 그의 시편들을 읽으면 이율배반의 인식적 세계와 만나게 된다. '나'와 '너'로 분리된 시적 자아가 또 다른 세계와 불화를 겪고 한계를 노출함으로써 소통의 부재를 실감하는 것이다. 그 결과 시적 주체는 합일에 대한 열망과는 무관하게 자신의 세계를 완전히 인식하지 못하고, 타자에게도 가닿지 못한 채 스스로를 고립으로 이끈다. 그 외로움의 실체를 찾아 떠나는 시인은 바다라는 원융의 세계 안에서 마침내 구도적 완성에 이르게 된다. 김종영 시인의 시는 분리되고 고립된 존재가 마침내 '해변이 둥근 이유'를 찾아가는 여로를 보여준다. 그런 점에서 '모난 현실'을 견딜 수 있는 힘은 화합과 융화의 '둥긂'에 있음을 역설하는 원융무애圓融無碍의 세계관이 이 시조집을 관류하는 김종영 시조미학의 핵심이라 할 수 있겠다.

## 1. 발을 디딘 세상을 의심하기

과학과 기술이 아무리 발달해도 삶의 문제가 해결되지는 않는다. 사랑·폭력·불평등·정의·평화·죽음과 같은 철학적 문제들이 그렇다. 철학적 문제들은 기본적으로 정답에 대한 의심을 불러일으킨다. 신은 물론 자신의 존재 자체도 의심하려 드는 것이다. 정답을 확신하는 사람은 질문하지 않지만, 의심하는 사람은 끊임없이 질문한다. 삶의 의미와 지향점을 찾기 위해 의문을 제기하는 것에서 김종영 시인의 시조는 발화한다. 스스로의 존재에 대한 의심에서 출발한 시적 사유는 자아 분리의 극한 상황을 맞으며 더욱 첨예해진다.

단풍에게서 내 존재는
아무것도 아니었다
담고 싶은 미학의 미온한 지지자일 뿐
서로가 배경으로 두고픈
불필요함의 필요함

알았네! 나는 알았네!
너였고 나였음을
인화지 속에 있던 갈림길을 따라서
이별을 덤덤히 밟으며
떠나간 긴 그림자

해마다
당신 없는 가을이 발길 해도
창밖의 담쟁이덩굴 벽돌을 긁는 동안
가냘픈 고양이 울음 같은
단풍이 왔다 가네

–「단풍은 고양이 울음」 전문

　의심이 없는 세계 안에서 자아와 타자는 원래 동일한 존재였다. 프로이트Sigmund Freud에 따르면, 자아는 스스로 마음을 평온하게 유지할 수 없는 상태를 해결하기 위해 도피기제를 쓰는데, 자신과 남에 대한 태도나 이미지를 적극적으로 좋은 것과 나쁜 것으로 구분해 마음의 짐을 더는 것을 '분리'라고 했다. 「단풍은 고양이 울음」은 존재의 본질에 대한 의심을 통해 자아를 분리함으로써 자신을 드러내고 싶은 욕망을 묘사하고 있다. 여기서 '단풍'의 존재는 명예나 물질 등 세속적인 화려함을 상징하는 매개물이다. 그러므로 '단풍'은 그 자체로도 빛날 수 있기에 "내 존재는/ 아무것도 아니"다. 반면 '나'는 '단풍'처럼 화려한 배경을 둘러야 빛이 나는 존재다. 그런데 '단풍'은 본디 "너였고 나였"던 동일한 존재의 "서로가 배경으로 두고픈" 대상이었다. 이는 프로이트가 말한 타자의 태도와 행동을 자기 것인 양 인식해 닮으려고 하는 '동일화'의 의도된 자기최면이라 할 수 있다. 그것은 또한 "이별을 덤덤히 밟으며" '분리'를 겪은 '나'와 '너'의 "그림자"를 되돌리고픈 욕망이기도 하다. 스치듯 지나쳐 버리는 "가냘픈 고양이 울음 같은/ 단풍"은 온전한 배경으로 기능하지 못하기 때문이다.

우리는 너무도 쉽게 경계를 지어 한 개인을 '우리'라는 집단에 가두고 '너'와 '나'를 구별해 왔다. 그런 구별 안에서는 상생 대신 경쟁이라는 상투적 세상 인식과 편 가르기만 존재할 뿐 세상을 통합적으로 인식하게 해주지는 못한다. 시인은 이러한 경계를 넘어 다시 합일에 이르고자 한다. 사랑과 이별이라는 낭만적 무의식과 "불필요함의 필요함"이라는 실존의식의 이율배반을 통해 현실감각의 부재를 증명함으로써 역설적으로 이 경계를 넘어서려 하는 것이다. 이러한 자아 분리에 대한 차단 욕구는 "또 하루 날개 접는 생의 석양 아래서/ 그리운 그대는 아직 날 떠나지 못한다"며 바다와의 동일화를 그린 「벽 속의 바다」에서도 찾아볼 수 있다.

버튼을 누르는 건

가까운 미래를 불러

발 앞의 그리움을 손잡아 세우거나

어쩌면 날개도 없이

나는 것이 아닐까

인생사 마음대로 오갈 수도 없다지만

부르면 무시로 오는 만족의 공간에서

마중과 배웅 사이를
오가는 나인內人이여

내리는 그곳이 단내 나는 골목일지라도
승강기 탄 동안은 무던한 바람이 불어
든든한 밀어를 건네고는
문을 활짝 열어젖힌다
－「승강기」 전문

알 수 없는 미래에 대한 불안도 의심의 철학을 증폭시
킨다. 「승강기」에는 현재보다 나은 미래를 갈망하는 상
승의 욕구가 의심의 그림자를 수반하고 있다. 승강기의
특성상 상승의 대척점에는 늘 하강이라는 반대급부를 예
비하고 있기 때문이다. 시인은 승강기의 "버튼을 누르는"
행위를 "날개도 없이/ 나는 것"의 과정으로 승화시켜 "가
까운 미래"에의 기대감을 표출한다. 그러나 그 기대감은
확신과 단정이 아닌 "아닐까"라는 의문형에 담긴 미심쩍
음이다. "마음대로 오갈 수도 없"는 인생사의 공간에서
"마중과 배웅 사이"를 전전하는 데서 빚어진 결과이리라.
그 때문에 '승강기'는 궁궐 밖으로 나갈 수 없는 내명부
"나인"과도 같은 존재로 그려진다. 따라서 '승강기'는 나

를 미래의 드높은 지점으로 데려다주는 수단이자, 나를 '왕'으로 만들어주는 보조자나 후원자이기도 하다. "내리는 그곳이 단내 나는 골목일" 수도 있는 불확실성에도 불구하고 "문을 활짝 열어젖"힐 수 있는 용기는 여기에서 말미암는다. 시인은 일상 안에서 일상을 격리하지만 일상과의 단절을 시도하지는 않는다. 그와 같은 비극적 감성을 경계하는 것은 구체적 삶을 희생하면서 획득하는 시적 성취를 바라고 있지 않다는 방증이다. 자신과는 무관하다고 믿었던 외부 세계가 사실은 자신의 내면에 닿아 있음을 자각하고 있는 것이다. 이러한 논리는 '승강기'의 상승과 하강의 대립쌍이 그러하듯 삶과 죽음이라는 명제에 대한 시적 태도를 통해서도 잘 나타난다.

노력으로 닿을 수 있는
하늘이 아니었네
미소로 바꿀 수 있는
땅도 아니었네
리무진 아쉬움 싣고
말없이 돌다 간다

고달팠던 인생을 회색으로 마감하기에는

예정된 이별일지라도 오늘은 너무 슬퍼

모르는 아낙의 곡소리에

젖어 드는 시간들


여기까지 오는 길도

마지막 멈춘 곳도

공정의 시소를 타는 삶은 아니었다고

육신을 태우는 불꽃에게

차마 말을

할 수 없었네

　－「화장장에서」전문


　시인에게 포착된 시간의 언어는 시인이 체험한 대상과
밀접하다. 일상에서 길어 올린 사유를 시의 세계로 인식
하여 재현하는 것이니만큼 결과는 시인에 따라 다양하게
표출된다. 시인의 눈에 비친 시적 대상의 결과적인 삶을
생애라고 할 때, 시가 갖는 속성만큼이나 분절되어 나타
나는 사람들의 생애는 다양하며 현재의 모습을 통해 압
축된 시간의 수렴을 보여준다. "생명 연장의 꿈에 다가서
는 몸부림"을 「진공 포장」으로 형상화했던 시인은 '화장
장'에 와서는 그 모든 것의 부질없음과 하릴없음의 공허

감을 표출한다. "노력으로 닿을 수 있는" 것도, "미소로 바꿀 수 있는" 것도 아닌 게 죽음이다. 죽음이란 모든 삶의 궁극에 도사리고 있기 때문에 누구도 피할 수 없다는 숙명론적인 체념과 받아들임이다. 하지만 그 과정이 "공정의 시소를 타는 삶은 아니었"기에 "예정된 이별일지라도" "너무 슬"픈 것이다. 이러한 애도와 추모의 감정 속에는 그 생애가 "공정의 시소를 타는 삶"이었다면 어땠을까, 하는 물음이 담겨 있다. '공정'이라는 사회적 화두를 끄집어내며 세상에 대한 의심의 눈길을 거두지 않는 것이다. 연기와 재로 주검은 소멸하지만 소멸하지 않는 '불공정'의 사회는 '이별'의 슬픔만큼 시적 화자의 무력감을 키운다. 직접적이든 간접적이든 자신이 보고 듣고 부딪치는 세상사의 풍경들을 시적으로 포착해 그것을 부여잡고 하염없이 바라보며 사유하는 시인의 시선은 아마도 대상과의 비분리 상태를 욕망하는 시적 화자의 페르소나일 것이다.


## 2. 의심하는 세상과 불화하기

우울한 지식인의 표상인 벤야민Walter Benjamin은 희망이 미래가 아닌 과거에 있다고 말했다. 과거 속에는 잠재

된 욕망이 있고 그것이 끊임없이 욕망의 실현을 촉구한다는 것이다. 미래는 과거의 기단 위에 세워진 시간의 축조물이라는 의미와도 상통한다. 자신을 둘러싼 세계를 향해 끊임없이 질문하고 저항하는 삶을 사는 시인이라면, 그가 의식하든 의식하지 못하든 시대의 문제에 맞선 벤야민의 문제의식을 품고 있을 가능성이 높다. 김종영 시인의 시조는 일반적 삶을 매개로 하되 내면을 통해 형상화된 개별적 시 세계를 통합적으로 재현한다. 시대에 따라 달라지는 일상성의 변화를 으레 그러하다고 받아들이는 것에 의심을 품고 그것을 흠집 내는 방식으로 세상과의 불화에 저항한다. 그것은 확신이 없는 현재, 확실하지 않은 미래에 대한 의심과의 불화이기도 하다. 이미 자리 잡은 길에 대해서도, 길이 아닌 곳에서 길을 발견하는 방식으로 새로운 이미지를 그려나가는 것이다.

다음에 보자는 말
밥 한번 먹자는 말을
당연한 듯 받들다가 서늘해지는 내 가슴
필터는 미소뿐 아니라
기약의 내일도 가렸다

시간이 시간을

거리가 거리를 더해

우리라는 유대감이 느슨해진 요즘에

유격을 좁힌 대화는

언제쯤 오고 갈까


우물처럼 고여버린 오늘을 살지만

다시 퍼내면 샘솟을 그날을 꿈꾸면서

심장엔 적혈구 가득

환절기를 맞나 보다

　　-「마스크 인간」 전문


　　세상과 불화하는 시인이 겪는 내면의 고통과 상처는
신종 코로나바이러스(코로나19) 팬데믹에 의해서도 발현
된다. 코로나19 장기화로 달라진 일상이 지속되며 겪는
스트레스와 우울감은 '코로나 블루'라는 신조어를 낳았
다. 기존에 있던 현대인의 우울은 '코로나 블루'를 겪으며
더욱 깊어졌다. 코로나19 감염병 차단을 위해 도입된 사
회적 거리두기는 친밀한 유대까지 차단함으로써 개인을
고립시켰다. 이러한 사태 앞에서 삭막한 세상의 흐름에
몸을 섞지 못하고, 현실을 초월하지도 못해 불화를 겪는

시인을 떠올리는 것은 자연스러운 일이다.

「마스크 인간」에는 코로나시대의 자화상과 일상 회복에 대한 염원이 담겨 있다. 코로나 이전이라면 "다음에 보자는 말/ 밥 한번 먹자는 말"이 너무도 당연하고 자연스러웠지만, 지금은 가슴이 "서늘해지는" 말이 되어버렸다. "미소뿐 아니라/ 기약의 내일도 가려"버린 '마스크'는 시인의 자의식이 투영된 사물이다. "시간이 시간을" 더해 "우리라는 유대감이 느슨해지"기만 하는데 "유격을 좁힌 대화는/ 언제쯤 오고 갈까"라는 의문은 장탄식을 부른다. 이러한 코로나 시대의 우울은 "벗지 못하는 마스크" 때문에 "온전한 즐거움이 뒷걸음하는"「벚꽃 주차장」을 지나 급기야 "#생존신고서/ 해시태그"(「#생존신고서」)까지 날려야 하는 상황에 이른다. "비옷이 아니라 갑옷이 된 마스크"에 이르면 "정말 사소한 것에 목을 매"(「마스크 대란」)는 몰인정까지 맛보게 된다. 이러한 관찰자의 시선에는 '강한 존재가 살아남는 것이 아니라 살아남는 존재가 강하다'라는 적자생존의 비정함에서 벗어나고픈 욕구가 깃들어 있다.

인간의 범주는 넓고도 깊다던데
스스로 옭아매며 채찍으로 다스린 날

거르지 못한 감정이
댓글로 달려 있다

자신에게 관대한 저울추를 내보이며
익명으로 타인을 겨냥하는 이기심
비후에 불과한 너의 울음
더럽혀지는 뒷골목

참혹한 댓글 전쟁 시달리는 전상자들
상처를 휘저어 대는 가시 돋친 말 속에서
때아닌 낙화를 겪는
꽃잎들이 아프다
　－「세상의 가장자리 - 악플러」 전문

　공동체의 역사 속에서 형성되어 온 함축적 의미를 적
극적으로 활용하고 있는 대목은 다른 시편에서도 발견된
다. 코로나19와 관련한 시편들이 고립된 자아의 비정함
을 고발하고 있다면, '악플러'를 부제로 단 「세상의 가장
자리」는 자발적 고립자들의 비열함에 관한 보고서이다.
인터넷상 익명이라는 가면 뒤에 숨어 누군가를 향해 내
쏟는 비방과 욕설은 명백한 범죄행위다. 이 세상 누구도

타당하지 않은 비방을 들어야 할 이유는 없다. 시인은 익명에 숨어 혐오를 배설하는 악플러들의 생태를 조명하면서 잃어버린 인간성 회복의 꿈을 타진한다. "인간의 범주는 넓고도 깊"지만 "거르지 못한 감정"을 "댓글로 다"는 이가 악플러다. 그들은 "자신에게 관대하"지만 "익명으로 타인을 겨냥하는 이기심"을 가진 극단적인 이기주의자이다. 그 때문에 "참혹한 댓글 전쟁"에서 살아남는다 할지라도 "가시 돋친 말"에 의해 상처를 입을 수밖에 없다. 그속에서 "때아닌 낙화를 겪는/ 꽃잎들"을 젖은 눈으로 바라보는 시인의 마음은 아프다.

심화되는 사회관계가 망라된 일상은 내면이라는 포장 속에 깊숙이 가려져 있지만 시적 화자를 통해 표출되는 사회적 정서는 우리의 관심을 중심부에서 주변부로 이동시킨다. 이른바 서정의 확장이다. 이러한 사회적 서정의 확장은 현대사회의 주변부에서 일어나고 있는 사회현상에 대해 깊이 천착함으로써 인간의 존엄과 가치를 최우선에 두려는 인본주의적 태도를 견지한다. 시인의 이러한 관점과 태도는 사회·문화적 맥락 안에서 더욱 확장되고 변주된다.

나의 식당 이모는

무심한 표정이다
세련된 한마디의 인사를 던지고는
은근히 터치를 기대하는
완벽주의자 당신

표정을 숨길 이유도
애원할 이유도 없는
무심한 터치만으로 말 없는 말이 끝나고
긴장을 내려놓은 이후
왠지 휑한 우리 사이

서로 간의 교감이 사라져 버린 요즘에는
이모를 닮은 듯 너와 나는 건조해지고
유난히 그리워지는
온기 가득한 대화
　　－「키오스크 이모」전문

　　김종영 시인은 첨단 과학기술 문명의 중심부에 서서 인간소외와 소통 단절의 병리 현상을 통해 사람과 문명 간의 관계를 진단하는 일에도 관심을 기울인다. 통념적으로 문명은 유토피아를 지향하지만 인간을 안온한 세계로 이끌지 못한다는 명제를 '키오스크'를 통해 부각하고 있는 것이다. '키오스크'는 식당이나 상점 등에서 인간을 대신해 사용하는 '무인 주문 단말기'를 말한다. 속칭 '이모'로 불리는 식당의 여종업원을 대신한 '키오스크 이모'는 사람과는 달리 "무심한 표정"으로 "터치를 기대하는/ 완벽주의자"이다. 그 때문에 "표정을 숨길 이유도/ 애원할 이유도 없"다. "무심한 터치"를 통해 이루어지는 '완벽한' 기계적 소통은 36.5℃의 인간미를 차단해 "왠지 횅한 우리 사이"를 만들게 된다. 기계문명에 길들여질수록 "온기 가득한 대화"가 그리워지는 사회현상은 비단 키오스크만의 문제는 아니다. 마주 앉은 자리에서조차 스마트폰 메시지로 소통하는 "온기 가득한 대화"의 단절과 부재는 편리함의 이면에 감춰진 비인간화와 인간소외의 폐해를 실감적으로 일깨운다.

이처럼 시인의 시적 패러다임은 디스토피아적 현대성의 한가운데를 가로지르면서 물질문명의 지향점과 유토피아의 참의미를 다시금 되묻게 만든다. 이러한 시작 태도는 무한 팽창과 증식을 거듭하는 자본주의적 욕망에 희생된 자연계의 동물에게도 투사된다. "빼앗긴 땅을 수복하려는 혼돈의 귀향 행로"에 나선 「도회로 온 멧돼지」나 "뼈마디 펜 몸뚱이로/ 하늘을 날고 있"는 「박제가 된

고래」가 그들이다. 이러한 시편들은 문명의 밝은 면이 아니라 문명의 그늘을 반추하면서 인간과 자연, 문명과 사회의 얽히고설킨 관계와 그 역할에 관한 담론의 장을 펼치고 있다는 점에서 특별한 가치를 지닌다.


## 3. 불화하는 세상과 포옹하기

자신이 뿌리내리고 있는 문명을 정면으로 부인한 것으로 유명한 바슐라르Gaston Bachelard는 인간의 정신을 지배하는 상상력의 탐구를 통해 '물질적' 요인의 중요성을 강조했다. 그는 모든 시학이 질료적 본질의 구성 요소들을 수용한다고 가정하고, 시와 예술에 잠재되어 있는 인간의 상상력을 물, 불, 공기, 흙이라는 네 가지 질료에 따라 분류했다. 이에 따라 김종영 시인의 이번 시집에 두드러지게 표출된 하나의 물질성을 꼽는다면 그것은 바로 '물'일 것이다. 의심과 불화를 거쳐 마침내 상생과 융화의 세계에 다다른 시인의 사유는 "물" 또는 "바다"의 이미지로 형상화되고 있기 때문이다. 바슐라르에 따르면, 물은 시인의 영혼에 강하게 결부되어 시적 영감을 고취하는 질료이다. 물은 싹을 틔우고 샘을 솟아나게 하고, 태어나고 불어나는 모습을 어디서나 볼 수 있으며, 스스로 변화하고 또 변화를 일으키기 때문이다. 김종영 시인도 '물'이라는 용매를 통해 사회와의 관계에서 빚어진 욕망의 응어리와 생채기 난 감정들을 다독이고 치유한다.

저 물은 함부로 말하고 쉬 거두지 않는다

말 먼저 앞세우지 않고 제가 먼저 손을 잡으며 서로의 몸을 말아 하나가 된다 뾰족한 돌을 제 몸으로 감내하며 구를수록 더 단단한 불멸의 몸이 된다 나서지만 뽐내지 않고 급할수록 돌아가며 추락하는 동안에도 주위를 감싸 안는

저 물은 어깨를 주고 손을 먼저 놓지 않는다

아주 작은 아쉬움에 갈증이 일어나고

아주 작은 사랑에도 쉽게 서운해한

한 치를 내다 못 보는
너는 나는,
우리는

－「저 물은 함부로」전문

　욕망과 좌절로 인해 세계와의 불화를 겪은 시적 화자가 이 시조에 와서는 현실을 달관하려는 관조자의 모습으로 변모한다. 그러므로 시인에게 현실이란, 자아와 타자로 분열된 두 세계가 화해하여 삶의 진실과 대면하려는 순례의 여정일 것이다. 그 여정은 물 앞에 이르러 마침내 깨달음을 얻는다. 현실의 여러 문제들을 해결할 단초를 찾은 것이다. 최고의 선은 물과 같다는 노자의 '상선약수上善若水'를 풀어놓은 것 같은 「저 물은 함부로」에서 물은 밖에 있으면서 동시에 시적 자아의 내면과도 통한다. 나아가 고립되고 움츠려 있는 시의 화자를 일으켜 세우는 객체이자 주체로서 세상의 관습·제도와 힘겹게 싸우고 있는 존재에게 휴전 혹은 종전의 당위성과 명분을 수혈한다. 도약과 비상을 꿈꾸는 존재는 '물'의 경지에 닿고자 한다. 세속의 아귀다툼이 없는 곳, 그리하여 속악함과 비정함이 정화된 이 높은 경지에 가닿기 위해 시인은 물의 속성을 빌려 자신만의 길을 만들려고 한다. 이 물의 세계는 환하고 둥글다. "제가 먼저 손을 잡으며 서로의 몸을 말아 하나가 되"고 "추락하는 동안에도 주위를 감싸 안는" 융화와 포용의 존재이다. "한 치를 내다 못 보는" '너'

와 '나', '우리'가 꿈꾸는 뭉클한 삶의 표상인 것이다. 이
작품은 관념적 진술로만 이루어져 시적 에스프리가 약하
긴 하지만 이번 시집을 관통하는 주제의식을 잘 보여준
다는 점에서 특기할 만하다.

　　맞서다가 무너지는 해안가 모래톱처럼
　　겨우 버티던 생
　　흔들리던 그때마다
　　한 줄기 위안 같은 파도
　　수평선이 쏟아진다

　　몇 걸음 앞에 서서 파도를 맞는 바위
　　물결의 유연함을 몸으로 배우는 걸까
　　해풍이 불어올 때마다
　　모난 생각 무뎌진다

　　인생이야 늘 그렇지
　　밀물이듯 썰물 같다가
　　발아래 부서지는 하얀 거품 같은 것
　　안기고 싶을 때마다
　　둥그레지던 그 해변

–「해변이 둥근 이유」전문

이번 시집 『해변이 둥근 이유』가 보여주는 김종영 시학의 핵심은 역경逆境을 순경順境으로, 분리와 대립을 소통과 통합으로 바꾸어 화합과 상생의 세계를 지향하는 것이다. 표제작이기도 한 이 시조에서 "물결의 유연함을 몸으로 배우"고 "해풍이 불어올 때마다/ 모난 생각 무뎌지"는 곳, 그리하여 "밀물이듯 썰물 같다가/ 발아래 부서지는 하얀 거품 같은" '인생'을 마주하게 되는 곳이 "그 해변"이다. 따라서 '해변'은 맞서거나 모난 것들이 함께 어우러져 비로소 하나의 '둥근 원'이 된다는 원융무애의 세계를 인식하는 알레고리이자 그것을 현실 속에 구현한 실재 공간이다. '의미하는 것'과 '의미되는 것' 사이에서 내적인 것과 외적인 것, 본질과 현상을 궁극의 한 점으로 집약해 놓은 곳이 바로 '해변'이라는 뜻이다. 시인은 이처럼 역경의 '파도'를 유연하게 받아넘기는 '바위'가 되어 세상을 관조함으로써 본질과 현상이 뒤범벅이 된 세상을 둥글게 살아가고자 하는 철학적 깨달음을 얻는다.

바다가 불타고 있는 언덕 위 통유리 카페

화려한 사랑만을 기억하는 우리 앞에

깍듯한 이별의 빛깔
실루엣의 뭇 섬들

남을 본다는 것은 나를 보이는 것

하루의 얼룩들이 시나브로 옅어질 때

나는 섬
당신 눈에서
안식의 밤을 찾는다
　－「오션뷰」전문


　김종영 시인이 그리는 자연의 체험은 그의 내면을 비
추듯 퇴색하고 결핍되고 침잠되어 있다. 그래서 시인
은 풍경의 주체이자 대상이면서, 동시적으로 한 몸을 이
룬 육체가 된다. 그가 "언덕 위 통유리 카페"에서 "바다
가 불타고 있는" 까치놀을 감상하고 있을 때도 그것은 바
로 '눈'과 '바다', 곧 시선과 대상의 비분리 상태를 욕망하
는 모습일 것이다. 시인은 "남을 본다는 것은 나를 보이

는 것"이라며 기꺼이 그 풍경 속으로 들어가 같은 풍경으로 어우러진다. 시의 화자가 바라보던 섬은 어느새 화자와 하나가 되고, 그 섬은 다시 큰 바다의 품에 안기는 것이다. 이는 그가 몸담고 있는 세상을 원융무애의 세계로 인식한 시인이 스스로 '바다'라는 원융무애의 무극이 되는 순간이다. '오션뷰'를 즐기며 세상을 관조하던 시인이 '오션'의 일부가 된다는 것은 스스로 대결과 저항을 멈추고 동화를 시도한다는 의미다. 이러한 융화 작용은 관계 맺은 타자로 하여금 "안식의 밤을 찾"게 하는 기폭제가 된다. 이는 또한 시인이 「완보의 나이」에 이르렀음을 증언하는 것이기도 하다. "하류에 가까울수록 천천히 걷는 강물"처럼 풍경을 즐기며 걸을 줄 아는 나이가 되면 "비로소 보이기 시작하는 온갖 것들"을 마주하게 된다. 경쟁과 대립에서 벗어나 비로소 여유를 찾게 된다는 깨달음에 이르는 여정이 삶이라는 메시지를 그렇게 전하고 있는 것이다.

*　　*　　*

우리는 늘 나를 이해해 줄 누군가를 기다린다. 고립되기 일보 직전의 상황에서 나를 기꺼이 이해해 줄 용의가 있는 사람이 구원자다. 그러나 김종영 시인은 이해자 혹은 구원자를 기약 없이 기다리기보다 스스로 이해자가 되기를 바란다. 하루하루의 삶은 대결과 대립, 생존을 위한 투쟁의 연속이지만 한발 물러서서 바라보면 와우각상 蝸牛角上일 뿐이니 서로 어우러져 큰 하나가 되자는 것이 이 시집을 관류하는 메시지다. 때문에 문학에 대한 시인의 태도는 정직한 구도자의 그것처럼 진지하다. 삶에 대한 에토스로 가득한 그의 시조는 기교적 수사나 화려한 겉치레로 에두르지 않고 진솔하다. 때문에 깨어 있는 감각과 진정한 삶의 의미를 탐문하는 이들에게 전해지는 감동의 깊이는 남다를 것이다. 문학의 세계가 실제의 세계와 다르듯 문학 속의 경험은 실제의 경험 그 자체는 아니다. 궁극적으로 김종영 시인의 시조가 이러한 경향의 전범이나 완성형이라는 판단보다는, 활력 있는 창작 활동으로 우리 시대 가능성의 한 지평을 열어가고 있다는 점에서 앞으로의 행보를 더욱 기대할 만하다. 삶을 대하는 진지한 그의 태도는 또 다른 깨달음의 시편으로 우리 앞에 보여질 것이기 때문이다.